CORAGEM

Carlos Cardoso

CORAGEM

1ª edição

EDITORA RECORD
RIO DE JANEIRO • SÃO PAULO
2023

CIP-BRASIL. CATALOGAÇÃO NA PUBLICAÇÃO
SINDICATO NACIONAL DOS EDITORES DE LIVROS, RJ

C261c   Cardoso, Carlos
            Coragem / Carlos Cardoso. - 1. ed. - Rio de Janeiro : Record, 2023

            ISBN 978-85-01-11887-5

            1. Poesia brasileira. I. Título

                          CDD: 869.1
23-82426   CDU: 82-1(81)

Meri Gleice Rodrigues de Souza - Bibliotecária - CRB-7/6439

Copyright © Carlos Cardoso, 2023

Projeto gráfico de miolo: Negrito Produção Editorial

Texto revisado segundo o Acordo Ortográfico da Língua Portuguesa de 1990.

Todos os direitos reservados. Proibida a reprodução, no todo ou em parte, através de quaisquer meios. Os direitos morais do autor foram assegurados.

Direitos exclusivos desta edição adquiridos pela
EDITORA RECORD LTDA.
Rua Argentina, 171 – Rio de Janeiro, RJ – 20921-380 – Tel.: (21) 2585-2000.

Impresso no Brasil

ISBN 978-85-01-11887-5

Seja um leitor preferencial Record.
Cadastre-se no site www.record.com.br
e receba informações sobre nossos
lançamentos e nossas promoções.

Atendimento e venda direta ao leitor:
sac@record.com.br

EDITORA AFILIADA

Para Daniela Godoy

SUMÁRIO

Cada osso. 13

O mirante 15

Depois 17

Vertigem 19

Poeta-engenheiro. 21

O paciente 23

Não mais estranho que isto. 25

Afronto. 27

Dói a cabeça humana. 29

Fraturas 31

Ventania. 33

Quando não agasalharmos as dores d'alma 35

Camaleão. 37

Fornalha de nada 39

Faca cega 41

Frase primeira. 43

Paisagem 45

Uma canção. 47

Agenda 49

O poeta e seu poema 51

Embaralhado pela neblina 53

Cães 55

O bonde do silêncio 57

Na cidade moderna 59

Quartetos 61

Um mapa no ar 63

Dias prestes 65

O seu olhar 67

Espelhos 69

Voz que flutua cintilante 71

Projetor lunar 73

Perfeito perfume 75

Legítimo 77

Amei o quanto pude 79

Bailando sob nuvens 81

Fui a Portugal 83

[A memória é uma porta de escape,] 85

Mãos transparentes 87

Esculpir a lua a nanquim 89

Corpo vazio 91

Enquanto éramos um 93

Posfácio — *Celia Pedrosa* 101

Agradecimentos 109

CORAGEM

CADA OSSO

Quando nossos corpos fundirem-se
cada osso se desintegrará,
o gozo irá surgir aos poucos
até que nossas almas se toquem,
meus olhos não chorarão de prazer,
meu corpo não soluçará dor,
mas reagirá forte
a qualquer tentativa de cura.

O MIRANTE

À noite, quando as estrelas
assumiram o céu, os pássaros
recolheram-se nas árvores,
os homens recolheram-se
em cascas, e tudo silenciou.

Do mirante não vejo nada,
só o que existe em meio
às nuvens pardas são castelos de
anjos e carneiros de lã branca.

Meu filho nasceu crucificado
à meia-noite, recebeu um afago
amargo e um sorriso hostil, de
perto só me restou o desconforto,

sóbrio, tomei com uma faca
a sílaba que me restou, e era noite,
pairava o silêncio, a hipocrisia,
e o lamento do que não foi.

Não, não é nada além do que
não pode ser, tudo que plantei
no infinito regado a sonhos
ficou para trás. É noite!

Do mirante, nada.
Deita meu filho, proteja-se em
seus sonhos, pois a dor que carregas
te pertence, não é fardo leve
tampouco para sempre.
Deita meu filho, dorme, dorme.

DEPOIS

Depois que o maremoto passou,
depois que o vulcão silenciou
e tudo se desfigurou
e desfigurado ficou,
depois uma luz sutil
embora cedo, embora noite,
embora frio, surgiu.

Depois tempo para refletir
sobre a aurora e o entardecer
de frente à lua e ao mar
formando um cartão-postal
que fotografia fotografa
uma família sem porta-retratos.

Sílaba ingênua, tênue, cacos, sílaba.

Depois, rasgo o silêncio com um grito,
e o grito que ouço
tão longe e tão dentro
não traz paz
ou a vertente de uma vitória perdida,
e só o corpo fica no caminho,
a saudade retida
levanta e parte para sempre.

A poesia floresce
na quebra da página e esquece o amor
que no chão quebra fácil
e o pesadelo fica longo.

O trovejar,
o trovejar não é em outras terras.
É, em meus pensamentos.

VERTIGEM

Ela voltou com olhos aflitos
e o cansaço no ombro
da vida que leva,
de rios destroços
onde nada se curva
ao som das mulheres,
vertigem na noite
e nos céus um finito.

Hoje ela voltou,
não o alívio
e os olhos sem lágrimas,
apenas há dor
em tudo que vejo,
faminto e carregado de cores
em uma imensidão
de sentimentos inquietos,

bandeja de prata
com fantásticas fadas
e anjos rabugentos,

irresolutas, egoístas,
trôpegos, disformes.

POETA-ENGENHEIRO

Homenagem a João Cabral de Melo Neto

João, somos poetas-engenheiros,
e sobre o limite das derivadas
compartilhamos a integral
quando percorremos nossos versos
falando no silêncio
e edificando com as palavras,
percorremos as cidades
em uma nuvem carregada
de imaginação,
com um pouco de maestria
e muito de emoção.

Os homens, João,
dos rios ao sertão desse Brasil
árido e ardido,
estão trocando a liberdade
por qualquer bocado de moedas
e nenhum caráter,
vendem o corpo
pois alma já escambiaram.

Nosso povo, João,
anda gritando pelas pontas,
sem trabalho, estudo ou saúde,
indígena, pardo ou branco,

ainda há escravidão,
miséria, discórdia
e um pequeno pouco de perdão,
no seno do cosseno
no qual variamos
em derivada depressão.

Nos dias atuais
o parlamento se dissolve
feito fogo abaixo de chuva
ou pirulito nas bocas
das crianças,
e tudo permanece, João,
um muito pior do que quando
por aqui ainda edificava
os sonhos e as cumeeiras,
com maestria, e uma perfeita
imperfeição.

O PACIENTE

Para Othon Bastos

Essa navalha em sua carótida
apontada feito um tumor
que expande pelos rins
espalha pela pele
infiltra pelos olhos
que o destino preservou.

Os sonhos para o Brasil
dominado pela ganância
pelo ódio e o terror
pela agressão contra os humildes
que clamam por milagres:
chuva para o Nordeste
comida para os famintos
escola para as crianças
e todo o mais que se carece.

Nós sabemos em um recorte
que a luta é diária
dormimos meio mortos
acordamos ainda tontos
mas por dentro o sangue jorra
no tecido necrosado.

E seu povo confia
ajoelha reza grita
suplica por decência
e pelos sonhos espalhados
nos limites das fronteiras:

do lago sul ao lago norte
de São Paulo a Brasília
o coração ainda bate
a cabeça ainda pensa
e uma vergonha impiedosa
do ser humano que é vil
sobressalta pelos poros
do paciente: que é o Brasil!

NÃO MAIS ESTRANHO QUE ISTO

Não consigo ver o que me é feito.
São janelas abertas trazendo o vento
que atraca em qualquer porto.
E você ainda perambula em busca
do que não lhe pertence,
e por vezes retorna ao que tanto procura
e tão perto está.

Deve ser essa ostra
a se fingir de borboleta,
essa máscara de inconstância
que você veste a qualquer preço.

E se esvai, e pronto, é o começo.

Borboleta de asas abertas
a exalar paixão ao sol do meio sol.
A resplandescência dos seus olhos
ainda ontem cintilou
o sono sufocante do
querer e não querer.

Ouço passos a caminho da felicidade
e ouso soprar as incertezas que
pairam nos porquês.

São essas figuras do passado
que volta e meia invadem o presente,
e, aliviadas por viverem acorrentadas,
respiram o perfume de sua essência.

E eu continuo a não saber
o caminho da solidão dos seus braços.

AFRONTO

Requintada casa de paredes polidas,
pisos translúcidos e véus nas janelas.
De deslizantes tabeiras, quadros modernos,
relíquias em esculturas e tetos de marfim.

Deslumbrante sala, fascinante ala
esculpida em madeira de lei por escravos brancos.

Arquitetura de traços longitudinais
e cotas ajustadas.
Banheiro de louça persa, tapete de pele de leão.
Vidros por todos os lados.
Paisagem mais linda, só o nu frontal.

DÓI A CABEÇA HUMANA

Dói a cabeça humana,
latido de dor e forte rancor.
Ódio transborda em sorriso,
chuva de lágrimas deforma
a face do palhaço
que possui o dom da palavra.
Mas eis que a palavra,
por ser humana, engana.

FRATURAS

Uma canção de um amigo
ouço em florido vaso
que tenho em minha sacada,
desconheço o indiferente
a andar adverso e pleno,
e me confundo,
e me recordo dos indóceis
com palavras líricas.

Andarilho
de primeira viagem,
ainda frágil,
solúvel feito água
feito frio e o vento sobre a neve,
permaneço enlaçado
pelos meus joelhos.

Rebanho de anjos
sobrevoam
sempre na surdina da noite,
canção suave,
bela como um salto mortal
sobre os penhascos,
memória impronunciada,
descaso,
fraturas.

VENTANIA

Para Antonio Cicero

Iluminar a sombra
e torcer pelo sol
até que venha a chuva.
Sapatear pela escuridão
com trovões e ventania,
molhar os dedos,
sentir o frio e o arrepio,
que é estar.

QUANDO NÃO AGASALHARMOS AS DORES D'ALMA

I

Posto que a vida é fria,
traremos ao dia
o que outrora
noite fria traria.

II

Paisagem fria,
tenho medo,
estico os pés
alongo a postura,
decerto
fico quieto.

CAMALEÃO

Feito um Camaleão rastejo pelo
silêncio do meu quarto.

É poesia o encontro com as paredes?

São ópio as estrelas aplumadas em
cada esquina do meu ego?

Ou será benevolente a lágrima que escorre por
minh'alma quando brado louco por felicidade?

Os arredores repletos de melancolia
ainda se refazem do gelo.
A ausência de um ombro, de um
corpo catatônico que seja,
faz-me lembrar o quanto era bom
o diálogo com os meus olhos.

Tocar a escuridão quando a voz do
desespero insiste no apego.
Mozart me enlaça com um fio de
náilon na garganta.
São as trevas rodeadas de luzes
intangíveis,

abominável descaso
público a um quase morto.

Ninguém, nem mesmo a Solidão,
tem mãos assim tão pequenas.

FORNALHA DE NADA

Entre as paredes do manicômio
aplainadas pelo feitor,
inimigos vários,
alguns mudos
outros sem cabeça,
poema de outono
em seu trigésimo nono dia,

ouvidos ocos,
garças e cavalos
vindos do porto para o bosque,
criança sorrindo
pela juventude morta,
aqui, onde os sentidos da adolescência
recortam-se em áreas pedregosas
e afogadas no silêncio.
Fornalha de nada,

figura que se posta
em pé,
abraçaria o fogo
e o gozo dos loucos,
amante de punhos cortados
a rezar

em meio a bailarinas traiçoeiras,
contos de inverno
que caem frios
sob a branca esteira de lã.

FACA CEGA

Faca que
corta
do lado que
corta
é cega
(não sustenta),

diz quem me disse
que é disforme
a cadeira de praia
feita de palha,

apesar da
leveza
apesar da
beleza
e da firmeza,

é pastilha de menta,

diz quem me disse
que o frio que sinto
assombra
o sol,

aterroriza
os ossos
e quebra n'alma.

Lamparina
cadente
que queima,
arde
(não sustenta).

FRASE PRIMEIRA

E como falar de outra forma?
E como cortar e reformatar o futuro,
e assim querer e ser sem par?

Por que ser assim pura forma?

Tanta cor entre ares dúbios,
ferrugens, e sorrateiros costumes
de manter sombras assimétricas,
como a de pensar antes de ser,
como a de escrever e andar
por entre cadeiras
que margeiam limites intangíveis,
formas sem abdômen, sem retina.
Ainda quero uma frase primeira,
nua, ligeiramente inteira.

PAISAGEM

Quando fechei os olhos
do outro lado da cama
o seu corpo não estava,
você insistiu em mudar de cidade.
Ora os sonhos!?

Eu só queria beijar a chuva
e beber o cheiro da sua
presença,
acordar e conduzir
a lua por um novo sol
e libertar em mim
o caminhar da vida.

Sossego.

Quando os versos cantam
não pelas melodias
e sim por sentimentos,
vejo nos olhos da paixão
os lábios da rainha
que outrora as nuvens conceberam.
Ora os sonhos!?

Um último suspiro
teria sido mais urgente.

UMA CANÇÃO

Ouço o seu coração
soar forte como o final do respirar.
Está silêncio, eu sei!
Siga para casa,
seu último amigo lá está,
seu corpo parece mais velho,
mas há um caminho
possível no fundo dos olhos
como uma suave canção.

Eu não evito a forte dor
que é estar vivo
e indo para a fronteira,
imagem que crio
caminho que invento.

Meu espírito grita livre,
palavras d'alma
que suplicam força
para romper o desejo
que institui a morte
do corpo em coma.

Oxigênio
em pleno vácuo,

objeto quebrado
ao meio intacto
perdido no espaço,

caminhar necessito
por passagem estreita.

AGENDA

Dia nublado,
todos se movimentam,
há um casamento,
tenho cá minhas suspeitas
de que o convívio é mais forte
que uma assinatura
e um tabelião de terno puído,
tenho cá meus pensamentos.

Do outro lado da rua
há uma sirene de ambulância,
carros transitam, e minha companheira
me olha pelo canto da sobrancelha
por querer as nuvens e alguns raios
em um vestido branco.

Eu, aqui sentado, silencioso a escrever
longe e fora da linha da água benta,
acredito, e sempre acreditei no amor
e em todos os sentimentos intensos.

Mas há de se viver
sem o olhar do outro em uma blasfêmia
e optar pela minha crença nas ostras,

então refaço o caminho do vento
e vou levando os dias
como uma agenda a ser cumprida,
até que o feriado não baste.

O POETA E SEU POEMA

Vigas e paredes relutam em moldar-se,
hermética paisagem de pedra, areia e cimento.

Hipócrita, o poeta xinga sintaxes, chuta as
palavras
e crava estacas profundas na ânsia de tocar o
intangível.

Soberbo se rende, dúbio e orgulhoso do nada.

EMBARALHADO PELA NEBLINA

1.

Por mais que tente contê-lo,
meu coração bate bravamente.
Então refaço o caminho dos ventos
embaralhado pela neblina.

2.

A paixão acontece.
E, quando nos pega,
e apenas a nós pega,
entristece.

CÃES

Fotolitos desumanos
aperfeiçoam uma iluminada frieza,
edifique o feito
que edificarei o bem mudo,
transfigurarei a colheita de tijolos
em vozes que medram
desde o início do fogo
e de constelações
que em silêncio agiam,

cães,
informação que é pó
o rio onde fluíam
pulsações muitíssimas,
cães
que em silêncio agiam.

Desumanos
durante o inverno,
quase homem
quando a tarde caía.

Demente desmente
o que restava
nos ramos tristes de Maria,

amor inacabado,
pórticos inacabados,

sementes que ora brotavam,
ora morriam,
noite com passos firmes
abaixo e ao longo do rio
a germinar o que disse Maria.

O BONDE DO SILÊNCIO

Já é noite e o bonde do silêncio
permanece intacto.

Nas ruas as pessoas observam os
pássaros a sobrevoarem as
correntezas.

E tudo permanece intacto.

Os amantes, os Deuses, as estátuas.

Só a poesia perambula.

Acaso os versos caminham ágeis e
desapercebidos.

E tudo permanece intacto.

NA CIDADE MODERNA

Na cidade moderna,
os trilhos, as estradas,

os rios nos levam.

E quando partimos nos guiam,
pelos próprios desvios.

QUARTETOS

A Fernando Pessoa

Meu amigo Pessoa,
quantas histórias a contar,
algumas, só vitórias, outras,
de tão trágicas, me ponho a rezar.

A palavra quando
despida fica só a roupa
no chão jogada
e a alma pura, límpida.

No coração de uma pessoa
que não sei se me importa,
se há frente nessa casa
ou se fugirei atrás da porta.

Às vezes no escuro fico
pensando. Quando será
que, sem fio que
acenda o pavio, voltarei
a estar.

Sou o que pretendia ser, bocado
de muito e muito de nada,
assim nasci e morrerei,
desnudo nessa madrugada.

UM MAPA NO AR

Para Patrícia Pillar

Antes de escrever e rever a vida,
desenho um mapa no ar
para que o vento tenha aonde levar
meu traçado perdido,

sem estradas ou o que saber
a levar sonhos que se não há,
miragens irão acontecer no
meu traçado perdido.

Levarei na fala dos amigos
o desejo de todos.

Vejo que lá fora há um dia claro.

Você terá que me acompanhar no ar
para perceber nos olhares que não vi
os corações que batem fortes
e transformam os rios e os mares,

não sei o que há de fazer você
com esse mapa solto no ar.

DIAS PRESTES

Vou virar parede perto de ti.
Me disfarçar de rede,
me esconder de solo.

Vou virar parede perto de ti.
E destroçar o que em mim agride,
sentido avassalador que reside.

Vou virar parede.

Estancar ao vento o que tu fizeste,
mágoas, dias prestes,
e virar parede perto de ti.

O SEU OLHAR

Essa noite tomei o vento e o mar,
não há descontentamento nesse amar.
Você dorme como quem
um pouco antes era uma flor
perfumada e fechada ao que quer que for.

Acordo e com um pequeno foco de luz
viajo em meus poemas embebedado
e tomado por dilemas.

Escrevo para você no pensar da aflição
que trouxe o medo de partir ou ficar
com o temor de quem nunca antes amou.
Peguei do vento o seu olhar.

ESPELHOS

Eu não conseguiria enfrentar
as águas frias dos mares nórdicos
e a escuridão que trago
em meu peito se os teus olhos não
me acompanhassem em solidão.

Digo um não que não basta,
e, para que não baste,
digo minha Menina que o sol e a luz
por trás das montanhas
nascem de tua franca beleza.

Teus olhos são espelhos de minh'alma,
e minha é a nuvem que carrega.

VOZ QUE FLUTUA CINTILANTE

Bela música que cantas
e encanta com tamanha força
na viagem adversa
por palácios hostis e vilas de desnudos
e bêbados apaixonados,

creio em quase tudo que vejo
na vigília diária do pensamento,

pouco, seria beber o néctar
das imagens que aproprio,

espectro de sombra e ventania,

mar que corta o rio,
cão feroz que fez fortuna.

PROJETOR LUNAR

Você disse que ficaria
sem questionar
os dias passaram
as horas se foram
em movimento
circular

e você não chegou
e o tempo passou

filme da vida
projetor lunar.

Neste lugar
não haverá mais
o grito das hienas
nem você com suas
promessas

sabíamos que
não seria fácil
manter todos os dias
em uma constante
harmonia

sabíamos que
somente o espanto
no travesseiro
ficará para sempre.

Foi assim quando
nos encontramos
pela primeira vez.

Rodopiávamos sobre o gelo
sem patins e sem medo
do calor que o derrete

filme da vida
projetor lunar.

PERFEITO PERFUME

Sinto que estamos
juntos não à luz do dia,
em algum formato
na areia da praia de Ipanema.

Ora,

você há de concordar
que usamos outra forma de
invadir nossos pensamentos
e de encontrar
em um ponto costumeiro.

Queria eu viver a vida
e conscientemente
conhecê-la, enviar-lhe flores
com o perfume
que imagino ser o seu.

– Orquídeas brancas?

Decerto é meu peito
que sinto apertar.

Ora,

sinto seu olhar, sutil, distinto,
perfeito perfume
a caber em meus sonhos.

LEGÍTIMO

Meus sonhos se repetem,
sempre você.
Nossa casa é fotografia
a me acompanhar,
paredes aplumadas, tetos esguios
paisagem de frente
no fundo da noite que alivia a saudade
e a tristeza de quando parti
e não poderia
retornar.
Esperei por inteiro
um sussurro seu,
esperei,
e nada do que é fome
saciou o que é legítimo,
nem a flora, nem a fauna,
nem a hipofagia.

Me arrependo!

AMEI O QUANTO PUDE

Nem o ouro ou a memória
de todas as estátuas esculpidas pelo mundo
trariam a felicidade nessa vida de desejos.

O tempo atua na musa que, senão minha,
tua beleza cativa e flutua
em cada verso que escrevo.

A onda do mar insinua que,
embora o tom e o tempo mudem,
nada do que é áspero é saúde.
Eu a amo! E amei o quanto pude!

BAILANDO SOB NUVENS

Por entre lábios de nome todo amor
pinto palavras que se afiguram no incerto
como labirintos que deságuam no deserto
e lâminas que assassinam o sempre certo.

O infinito é traçado a dedo e tinta
como borboletas bailando sob nuvens
e beija-flores chamando todo amor.

Ergo no peito a história de uma chama
como o erguer de uma estátua que proclama
cada passo de um amor que arde,
queima, estraçalha, mas não ama.

FUI A PORTUGAL

E por falar em encantamento,
fui a Portugal e sem esperar vê-la,
eu, aquele que olha e não diz,
que em festa não vai
e fogos de artifício não solta,
aquele que dentro de toda incompletude
de que se apropria e se completa,
aquele eu, esse homem pasmo
que ao ouvir do seu rosto
uma voz que não sei, mas ecoou,

eu a vi ali ali,
e por falar em encantamento,
tão mal chegou e
já se prepara para partir,

se reparou o meu olhar,
ou na cor da pulseira do relógio
que meu pulso usa, não sei,
pouco sei dela ou da vida,

mas lembro que de tão claro
o seu sorriso, sua pele,
de tão intenso o seu olhar,
lembro que entre câmeras

e fotos e vozes e luzes,
lembro que lembrei de ti,
lembrei, e por um instante,
nunca te esqueci.

A memória é uma porta de escape,

fenda por onde o amor foge
quando o amor bate.

MÃOS TRANSPARENTES

Um sopro de ar sutil e leve
por entre as nuvens estreita o destino,
luz que ilumina os sons.

Além de ninguém,
eu sei quem tu és.
Vento forte, dedos finos,
mãos transparentes.

ESCULPIR A LUA A NANQUIM

Uma maçã com dez pecados,
a primeira mordida quem dará?

Os mares, os raios, as estrelas.

Eu?

Mesclar o azul com o amarelo
e nos dias de prazer cantarolar.

Rima que rima casa sol e mel.

Desenhar a lua. Esculpi-la nua sobre o papel.

CORPO VAZIO

Atrair o arvoredo
e despi-lo d'alma,

cortar as folhas
e o caule, bani-lo.

O tronco cortá-lo
até atingir as raízes,

restar apenas o corpo,

vazio.

ENQUANTO ÉRAMOS UM

1.

É dia, e esse poema
nasce nos olhos,
nas nuvens, no ar,
na água, nas ferrugens.

Repleto de luz
que atravessa meus poros.

2.

Há um lado de você
que nunca conheci.

Pelo retrovisor olhando
olhei o seu olhar,
e me hipnotizei.

Percebi?

Você conquistou
minha mão para
atravessar a rua,

como se pedisse
para guiá-la
pelas nuvens.

Fui!

Para frente olhei,
para frente
fui para frente,
e, de repente,
não importava a altura,
importava pular, tentar,
importava saber
o que perder,
o que ganhar,

lágrimas:
ora por felicidade,
ora por tristeza,
ora pelas luzes
que me guiam no escuro.

3.
Fixei no máximo
do topo do teto
uma única lâmpada,
para brilhar junto

à escuridão
dos escombros.

Você sabe?

Não há o que fazer.

4.

Traçarei meu destino
em uma linha curvilínea,

senti sua pele perfumada
quando deitei em seu colo,

e me embrulhei
em seus cabelos cacheados
jogando palavras ao infinito,
e, em segundos, transformá-las
nos pilares do poema.

Ouso derrubar as portas
imaginárias que me prendem.

Não,
não quero ser o seu destino.

Trago uma palavra honesta.

Ora,
eu costumava reger minha vida.
Ora,
o choro me afugenta,
e, no final,
caminharei pelo precipício.

5.

Eu só confio nos
casais que bailam,
que sabem ouvir
os pássaros, as florestas,
os homens mudos,

nos casais que creem
nos pássaros nas florestas.

Ora,
sou um servo de mim
quando brado pelo poema.

Contesto, e não ouso
desculpar um assassino.

Apenas por,

ora,
buscarei uma imensidão de luz
a me guiar nos dias
e no escuro da madrugada.

6.

Minha Menina, é
certo que tudo finda.

os dias passaram
as noites chegaram
os dias passaram
e meu coração continua
a pulsar,

e nem sempre
as luzes acendem
quando os dias terminam,

e tudo é sentir e ser
em um estado puro e pleno.

Mas não ouso persistir.

Deixarei o céu derramar flores.

7.

Não chore, minha Menina,

eu tenho a cabeça quente
e trago um bocado de pão
embrulhado, quente,
meu coração fervendo.

Sou um homem em ruínas
quando durmo ao seu lado
os pesadelos me esfaqueiam.

É só meu esse tormento.

Sou deserto!

E não é certo que tudo finda?

Vivo entre trovões
onde moro, morro e deliro.

Não,
não chore minha Menina,

eu guardo um bocado de pão
embrulhado.

Meu coração fervendo.

8.

Nossa vida cheia de sede.

Lembrarei de nossas histórias
repetidas que sempre ouvi
que sempre ouvi, e sempre contei,

em dias de céu azul ou cinza
que dividimos juntos
com os pássaros e as gaivotas.

Sobrevoando.

Enquanto éramos um.

POSFÁCIO
Celia Pedrosa

A leitura de *Coragem*, de Carlos Cardoso, pode bem ser iniciada pela comparação com dois de seus títulos anteriores, *Melancolia* (2019) e *Sol descalço* (2021). Além de dar a ver a persistência do empenho poético do autor, essa enumeração permite perceber um movimento constitutivo de sua dicção. Nela se arma uma constante tensão: entre abstração e concretude, entre afetos distintos, como também entre pensamento e visualidade — esta entendida como efeito de um trabalho que transforma o visível em imagem.

De fato, e conforme já percebido anteriormente por outras leituras críticas, tensão, contradição, paradoxo são movimentos constantes de sua dicção. Isso pode ser percebido numa comparação entre *Melancolia* e *Coragem*, títulos de livros publicados em um intervalo de quatro anos. Se em princípio parecem ser emoções não só distintas como opostas, sugerindo uma mudança de visão de mundo, podem, conforme seu uso, e ao contrário, ser mais uma vez signos da presença simultânea de duas forças que habitam sua poesia.

Também na própria menção a um "sol descalço", que dá nome ao terceiro livro de Carlos, percebe-se a manifestação desse movimento. As duas palavras, unidas, se esvaziam cada uma de sua denotação específica e, ligadas a uma mesma construção visual, conjugam dois tipos de referência — humana e não humana, física e existencial, de plenitude e de carência. Sua ligação adquire assim caráter alegórico. E, na poesia de Carlos, a presença de paisagens "naturais" é constante, sempre associada a situações existenciais, como o estar "descalço" — pobreza, despojamento, humildade? Profanação de uma referência franciscana, como sugeriu Italo Moriconi na apresentação de *Sol descalço*?

Nesse sentido, suas paisagens problematizam mesmo a ideia de naturalidade — acompanhando uma reflexão filosófica fundamental sobre a relação entre o homem e o mundo, como criatura entre criaturas, muito aquém de qualquer pretensão antropocêntrica. A capa de *Coragem*, uma pintura de Daniel Senise, *Menina, osso e cachorro*, também nos leva nessa direção: menina e cão em posição semelhante, aproximados, ainda que distantes, por uma negritude absoluta que os transforma em puras formas em defrontamento e perspectivação. Aí aparecem ambos, em torno de um osso, daquilo que os irmana: a corporeidade?, a fome?, a vida como copresença de infâncias, restos e fins?

E, para dar a ver essa problematização, Carlos usa a imagem do vento, que afeta intermitentemente o olhar, a vida, a escrita da vida, o sujeito que nela se escreve. Este, por isso mesmo, escreve como quem desenha "Um mapa no ar" —

título do poema escolhido para a contracapa, que nos diz: "Antes de escrever e rever a vida, / desenho um mapa no ar / para que o vento tenha aonde levar / meu traçado perdido". Em "Agenda", de novo temos esse duplo movimento: "então refaço o caminho do vento / e vou levando os dias / como uma agenda a ser cumprida". Ou ainda — trazendo agora para o interior de um mesmo poema a conjunção de melancolia e coragem — lembrar e perder, retornar e insistir, em "Embaralhado pela neblina": "Por mais que tente contê-lo, / meu coração bate bravamente. / Então refaço o caminho dos ventos / embaralhado pela neblina."

Bem emblemático desse movimento é também o poema "O mirante", no qual parecem ecoar traços do poema de Mário de Andrade, "A meditação sobre o Tietê", considerado por Antonio Candido uma forma de testamento. Nele, o poeta modernista, sempre em conflito com suas próprias crenças, no alto da ponte das Bandeiras, contempla o rio e, em suas águas noturnas, as sombras e brilhos, as formas fugidias da cidade de São Paulo, metonímia do processo de formação e modernização brasileiras. No poema de Carlos reaparece um bordão do poema de Mário — "É noite!" — cuja forma hoje pouco usual sugere um efeito de memória literária.

Nesse poema de Carlos, como antes no de Mário, mais uma vez, há a desierarquização da relação entre o humano e o não humano, como efeito do paralelismo e do enjambement que aproximam e tensionam árvores, pássaros e homens nos versos: "À noite, quando as estrelas / assumiram o céu, os pássaros / recolheram-se nas árvores, / os homens

105

recolheram-se / em cascas, e tudo silenciou." Neles há ainda a potente irrupção do estranho "cascas", quebrando a expectativa do familiar "casas" — que Freud reconheceu, através da noção de *Unheimliche*, como um componente importante de nossa vida psíquica em sua relação de diferença consigo mesma e com o mundo. Reaparecem as nuvens, pardas, dessa vez quase escondendo as formas lúdicas a que são associadas — "castelos de anjos", "carneiros de lã branca". Reaparece também uma referência religiosa, como a que enxergamos no sol franciscano, descalço: agora é o nascimento crucificado do filho, profanado, pois impotente, carregando agora somente a sua própria dor, e não a de toda a humanidade.

Outros ecos de poetas modernos ressoam na leitura desse e de outros poemas do livro. Neste caso, o "Acalanto para um seringueiro", em que Mário se ressente de ser ao mesmo tempo próximo e distante dos irmãos acreanos: "Num amor-de-amigo enorme / Brasileiro, dorme! / Brasileiro, dorme. / Num amor-de-amigo enorme / Brasileiro, dorme." Ou o belíssimo "Consolo na praia", de Drummond, cuja estrofe final conclui: "Tudo somado, devias / precipitar-te, de vez, nas águas. / Estás nu na areia, no vento... / Dorme, meu filho." Em "O mirante", de nosso Carlos de agora, em vez de ver a tudo e legá-lo ao filho, como no provérbio tradicional, o sujeito poético sabe ver a nudez, o vento, o nada, mas também consolar e animar: "Do mirante, nada. / Deita meu filho, proteja-se em / seus sonhos, pois a dor que carregas / te pertence, não é fardo leve / tampouco para sempre. / Deita meu filho, dorme, dorme."

Na visão imagética de Mário sobre e no rio, há uma forte reativação da relação entre paisagem e meditação, característica da poesia moderna desde o romantismo. Em seu poema, ela é encenada de modo convulsivo, eloquente, noturno, num misto de constatações terríveis e expectativas utópicas pequeninas, frágeis, em que convivem todos os tipos de seres vivos. Já na visão de Carlos, o mirante, assim como a ponte andradina, signo de uma visão clara e ampla de um ponto de vista panorâmico e dominador do sujeito sobre o que contempla, se transforma em espaço de uma visão também noturna. Mas, diferentemente de Mário, vemos uma sutil relação de contraste entre meditação e discursividade quase prosaica, tendente à depuração, alimentada de uma outra deriva importante de nossa poesia moderna.

Nessa direção, é significativa nesse poema de Carlos a referência a uma imagem característica da poesia de João Cabral de Melo Neto — a faca — que aparece, em meio à contemplação, para, emocional e reflexivamente, dar a ver mais uma vez o vínculo entre melancolia e coragem: "sóbrio, tomei com uma faca / a sílaba que me restou, e era noite, / pairava o silêncio, a hipocrisia, / e o lamento do que não foi." Em poema dedicado ao escritor pernambucano, "Poeta-engenheiro", Carlos aproveita um dado de sua própria atividade profissional para endereçar-se a Cabral e irmanar-se a ele na relação entre poesia e vida, construída poeticamente com silêncio, esforço e imaginação. E nos convida, desse modo, a revisitar a poética cabralina — tão exaltada por suas racionalidade, objetividade e clareza — e constatar, conforme tende a ver a crítica mais contempo-

107

rânea, que seu trabalho com a imagem visual também se deixa alimentar pela irrupção de nuvens e emoções: "João, somos poetas-engenheiros, / [...] quando percorremos nossos versos / falando no silêncio / e edificando com as palavras, / percorremos as cidades / em uma nuvem carregada / de imaginação, / com um pouco de maestria / e muito de emoção."

Em função desses aspectos, dentre tantos outros, que aqui pudemos comentar, o trabalho poético de Carlos Cardoso, pela superação de dicotomias convencionais, alimenta algumas importantes tendências da poesia contemporânea. São elas: o reinvestimento no lirismo, força afetiva de subjetivação, que impulsiona a relação reflexiva entre um eu desacomodado e o mundo belo e violento; a releitura de poetas da modernidade, de modo a conjugar a discursividade prosaica e o exercício de depuração; o trabalho com a imagem visual, hegemônica na vida contemporânea, de modo a torná-la instrumento de indecidibilidade e pluralização.

Creio ser importante atentar para essa indecidibilidade, provocada pela articulação do diverso e do contraditório. Creio que ela possibilite a Carlos Cardoso e a seu leitor estar suspensos entre a melancolia e a coragem, transformando o niilismo decorrente do arruinamento em força de continuação rumo ao que não se sabe com certeza o que será, mas que há de vir.

AGRADECIMENTOS

Agradeço o diálogo com Daniel Senise, o texto crítico de Celia Pedrosa, a todos os amigos que participam da minha trajetória, e o acolhimento e a confiança da Editora Record.

Este livro foi composto na tipografia Minion Pro,
em corpo 11/16, e impresso em papel off-white
no Sistema Digital Instant Duplex da
Divisão Gráfica da Distribuidora Record.